글벗시선129 김성수 시집

잠자는 연필

김성수 지음

도서출판 글벗

몽당연필

파도 잠든 모래 백사장
걸어가다 뒤돌아본다

발자국조차 멀어져 가고
끌려온 긁힌 자국에는
다 달아 기력 없는
낡은 몽당연필 하나
그래도 연필이라고
검은 심 박힌 채 발끝에
걸려 넘어져있다
멀리에 서부 터 왔을 것인데
나와 같이 수많은 시간을
거처 왔을까
버림받은 그는 누구한테
던져져 외톨이가 되었나
백사장엔 그와 나 둘뿐
많은 이야기를 나눠본다
나도 그와 같이 몽당연필로

남아 홀로 있을 것인데
품어 안아 줄이는 나를 아는
나뿐일 것이다
넓은 백사장에 보이지 않는
그는 나를 기댄 채 자신을
알리는 이정표로 나를 대신하는지도 모를 것이다
이 몽당연필이 바로 나이고
나는 몽당연필일지도 모른다

2021년 3월

차 례

■ **시인의 말** 몽당연필 · 3

제1부 추억 한 잔

1. 생각 · 13
2. 혼자일 때 · 14
3. 아침에 · 16
4. 겨울 · 17
5. 내 안에 잠든 당신 · 18
6. 인연 · 20
7. 아침 · 22
8. 엄마와 아기 · 23
9. 넌 혼자가 아냐 · 24
10. 뜬구름 · 26
11. 오늘 · 27
12. 노을 · 28
13. 이별 연습 · 30
14. 망상 · 32
15. 일상 · 33
16. 전봇대 · 34
17. 헌 구두 · 36
18. 추억 한 잔 · 38
19. 비 · 40
20. 무명초 · 41
21. 하루 · 42

제2부 하루의 위안

1. 어리연꽃 · 45
2. 커피 · 46
3. 잠 · 47
4. 늙어 간다 · 48
5. 바다에 내린 비 · 49
6. 옛길 · 50
7. 소쩍새 우는 밤 · 52
8. 안개비 · 53
9. 삼복더위 · 54
10. 여름날 · 55
11. 비가 내린다 · 56
12. 비의 서곡· 58
13. 이불 · 60
14. 미움 · 62
15. 호우 · 63
16. 오늘 아침 · 64
17. 몸의 눈물 · 65
18. 막차 · 66
19. 우중에 핀 꽃 · 67
20. 하루의 위안 · 68

제3부 가을로 가는 밤

1. 내려놔 · 71

2. 배롱나무 꿈 · 72

3. 탈선 · 73

4. 아침이슬 · 74

5. 당신께 · 75

6. 점심 · 76

7. 전화 · 77

8. 가을로 가는 밤 · 78

9. 쓰러져야 산다 · 79

10. 소녀에 순정 · 80

11. 생각 · 81

12. 너와 나는 글벗 · 82

13. 풀벌레 우는 밤 · 83

14. 분신 · 84

15. 태풍 · 85

16. 관망 · 86

17. 더위 · 88

18. 9월 · 89

19. 정 · 90

20. 구름에 찔린 노을 · 91

21. 밤비 · 92

제4부 그리움은 헤어지고

1. 바다는 · 97
2. 가을바람 · 98
3. 도시에 달 · 100
4. 이슬 젖은 억새 · 101
5. 여름 · 102
6. 마음 · 103
7. 수고 · 104
8. 가을 밤 음악회 · 105
9. 보라 · 106
10. 거미 · 107
11. 남자라서 · 108
12. 그리움은 헤어지고 · 110
13. 구름, 태양, 바람 그리고 바다 · 111
14. 아침 해 · 112
15. 석양 · 113
16. 부엉이 우는 밤 · 114
17. 아내 같은 부인 · 115
18. 달아, 달아 · 116
19. 참사랑 · 118
20. 가을 풍경 · 120

제5부 아물지 않는 상처

1. 늙어가는 것 · 123
2. 사랑 · 124
3. 가을바람 · 125
4. 그래서 가을이다 · 126
5. 일출 · 127
6. 갯바람에 흔들이며 피는 꽃 · 128
7. 몫 · 129
8. 가을 사랑 · 130
9. 부두 · 131
10. 실종 · 132
11. 흰 구름 · 133
12. 사랑 · 134
13. 아물지 않는 상처 · 135
14. 마중물 · 136
15. 행복 · 137
16. 가을밤 · 138
17. 손에 남은 것은 · 139
18. 노을 눈동자 · 140
19. 노동 · 141
20. 아궁이 · 142
21. 잎새 · 144

■ 서평

산문시에서 빚은 사유(思惟)의 의미체계 / 최봉희 · 145

제1부

추억 한 잔

생각

오랜 기억 속 잠든
당신 이름을 백사장에
써놓고 뒤돌아서니
파도 달려와 지우고
저만치 도망하니
하얀 물거품 남은 흔적
지우려 덮어 버린다

우두커니 바라보는
갈매기 무엇을 말하는 것만
같은데 알 수 없고
한참을 빈 바다
모래 위 거닐며 생각해 본다
지워지는 이름을
왜 써야 하는지를

뒤따라오는 발자국
갸우뚱거리며 상상에
누굴 부르고 싶었던 것이었나
물어 오지만
정작 부르려 해도
딱히 부를 사람이 없다

혼자일 때

내가 외로운 것은
고립된 마음에서
오는 것이다

막연히 누군가
그리운 건 목마른
마음에서 느끼는
갈증 같은 것이고
고독하다고
느낄 땐 이미
빗장 걸어놓고
감금시킨 마음속
감옥이다

사랑하고 싶거든
외로움을 품에
안아 두고
사랑받고 싶으면
누군가를 찾아
기대어 쓰러지거든

사랑받지 못함을
서러워하지 말자

안겨보고 싶거든
다가가서 포옹하고
마음에 느낌을
가슴으로 전하여
'혼자가 아니다'를
느껴야 하지 않나
혼자는 지독하게
외로운 것이다

아침에

아직은 이른 새벽
잠에서 깨어나길 거부한 채
포근함 더하고 싶은데
누가 부른다

잠결이려니
나지막하게
부르는 소리
뜨려하지 않는
눈 토닥이며
밖으로 나갔을 때
풀잎에 앉아있는
이슬 영롱한 눈빛으로
바라보며 웃는다

다가설 때
떼구루루 미끄럼 타며
흙속으로 숨어버리는
영롱함 아름다운
여인에 뒤태 같았다

겨울

오늘 많이 더웠지요?
지치지 않는 건강한
여름 보내시길 요

누군가를 사랑하려
해보셨나요?

그렇지만
당신이 알지 못하는
누군가는 '당신을
사랑하고 있을 수도 있다'란 생각을
해본 적 있나요?

어쩌면 당신의
기쁨이 증명해 줄 수도
있을 겁니다

'춥다'란 생각을
해본 적 있나요?
땀을 흘리면서
그 땀은 당신을
식히려 울고 있는
눈물일 겁니다

내 안에 잠든 당신

얼어붙은 마음 녹아
이제야 눈을 뜨고
바라볼 수 있어
기쁘고 행복하기만 합니다

설레고 애태우며
그리워하는 당신은
얼어붙은 채 냉정하게도
나를 내치셨습니다

야속하다 하며
힘겹게 지내온
시간에 초침은
백사장 모래 보다
더 많고 많지만 기다렸습니다

오지도 가지도 보이지도 않는
그런 당신은 누구인지
나는 알 수가 없습니다

그래서 더욱더
당신이 그립고
사랑하지 않았는지도
모르겠습니다

내 마음속에 당신은
항상 아름답고 사랑스러운
여인 같은 당신이 맞습니다

그런 당신을
한 번도 볼 수가 없었습니다
왜냐면 상상 속 마음속에
잠들어 있었기 때문입니다

인연

헤어져 떠나는 사람
서러운데
바람은 왜 불어
밀어내나
돌아서야 하는 마음
서러운데
비는 왜 내려 마음까지
적시는 것인가
내리는 빗줄기
야속하기만 하다

만남과 헤어짐은
운명이라지만
헤어질 거라면
만나지 말게 해야지
마지막 인사는 서글펐고
돌아서 걷는 발걸음 따라
내리는 빗물은 왜 이다지도
마음 아프게 하나
떨어져 주저앉는 비에

울음소리 나를 대신하여
울어준다

기억 속에 지우려
던져버린 우산 바람은
뒤집어쓰고
내빼지만 온몸
흠뻑 적시는 빗물
씻기려 애를 쓰니
두 어깨는 들먹인다

아침

눈을 뜨고
창밖을
내다보니
나뭇가지 사이
빼꼼히 내다보며
기다리는
아침 해
빙그레 웃으며
좋아라
폴짝
뛰어나와
눈부셔 찡그리자
깔깔 웃는다

엄마와 아기

갈라진 대지
초목은 시들어 축 처져
기력을 다하고
내리는 비에 젖어
흙먼지 떠내려간다

쉬엄쉬엄 내리는 비
통통 불은 젖처럼
떨어지고
젖을 받아먹은 초목
목마른 갈증 잊고 기뻐한다

배고픔에 허기진 초목
통통 불은 젖을 물고
기뻐하며
깜박 잠든 사이
농부는 간데없고
차마 폭에 싸여
모습 보이질 않는다

넌 혼자가 아냐

너의 눈에
흐르는 눈물
내가 닦아줄게
네 아픈 마음을
내가 치료해 줄게
혼자서 울지 마
힘들어 하지 마
힘들어하니까
시간은 널 보며
같이 가자하질 않고
그냥 혼자서 가잖아
괴로워도 하지 마
괴로워하면
아프기만 하잖아
태양은 뉘엿뉘엿
말없이 지나가잖아
네가 따라가지 않을 뿐이야
너도 함께 가잖아
거울을 봐 가고 있는 게
보일 테니까

그러니 혼자서 만
힘들어하며 울지 마
시간과 세월은 널 두고
혼자 가지 않잖아
곁에 내가 있어 줄게
얼마나 내가 널 사랑하는지
알고는 있는 거야
그러니 혼자서 외롭다 하지 마
넌 혼자가 아니야
나는 네 곁에 항상
같이 있을 것이니까
우리 함께 가자

뜬구름

파란 하늘에
그림을 그리려
서성이는 흰 구름 붙잡아
나만의 멋진 그림을 그려본다
썩 괜찮아 한참을 바라보며
흐뭇해하는데
헐떡이며 달려온 바람
망가트리고 미안해하며
나에 볼 어루만져 땀을
닦아 주고 포옹하며
내뺀다

미워해야 하나
고마워해야 하나

오늘

지처 잠든 초목도 말이 없고
구름에 기댄 별들도 말이 없다

한낱 지처 축 처진 잎새의
고단함 밤이슬은 덮어
안아만 주고 멀리로 떠났던
사람은 이 밤 어둠 속을
헤매고 있으려나
고요함 속에서
더듬어 찾아본다

길고도 긴 한낮에 더위도
짧은 밤에 묻혀 잠이 들고
미련만 남겨둔 오늘도
지처 쓰러졌다

다시 만날 내일에게 아부하는
이 밤 후덥지근하게
온몸을 애무하는
어둠이 야속하다

노을

찻잔에 그윽한 향기
녹아 있는 너를
입맞춤해본다

서산으로 가는 여인
산등성이 걸 터 앉아
쉬어갈 때 낮달 외출하려
파운데이션 바르고
서쪽 새 어둠을 부르며
지나는 길 언덕배기
지나는 바람 오늘을
흔들어놓고 간다

솔잎 사이 새어 흐르는
붉은빛 달맞이꽃 깨워
데려가려는 아름다운 여인
바람이 흔들어 놓은
초라한 잎새 어루만지며
산 너머 미끄러져 간다

어둠 속 흰 구름 서성이며
별들에 작은 불빛 길을 밝혀
텅 빈 하늘 품어 안아줄 때
나는 식어가는 찻잔 속
잠든 너를 살며시 마셔본다

이별 연습

사랑한다는 말
하지 못하는 마음
하지 못하는 것이 아니라
할 수가 없어서 그랬어요
속으로 많이 사랑하며
마음으로 끌어안아
가야 하는 건
잊어버리려 하겠다는
허상뿐입니다

진정으로 사랑하고 싶을 때
그림자조차 보려하질 않는 것은
소중하게 간직 하고픈
마음뿐입니다
정말로 못 잊어 보고 싶을 때
마음속에 담아둔 모습
살며시 꺼내보며 어루만져 보고
그마저 잊고 싶어 헤어지고 싶을 땐
살며시 다가서 바라볼 뿐입니다
그것은 너무 헤어질 수 없었기

때문일 겁니다

내가 사랑하는 사람 앞에서
웃을 수가 있다면
행복해서 일 테지만
정작 사랑받고 싶어서
일겁니다
그 정 지우려 할 땐
가로등 아래서 서
떨어지는 빗물에 젖어
씻어내며 시린 가슴까지
떠내 보내려 애쓰는 것일 겁니다
그러면서 오로지 당신만을
사랑한다며
빗물에 새겨 놓을 뿐입니다

이젠 알았나요
사랑을 보내야 하는 걸

망상

간밤에 꿈을
꾸었다
너무 아름다운
그녀를 와락
끌어안아
포근히 안았다
아침에 전봇대에
부딪쳐 별이
반짝거리는
속에서
꿈에 보았던
그녀가 뿌리치고
달아났다

일상

어제는 묻혀버리고
역사로 남으려
숙성되어가고 있다

무게도 부피도 없는 기억은
많은 걸 주워 모아 쌓아놓고
또다시 찾아 헤맬 뿐
관심조차 없는 것이
어쩌면 추억에 앨범을
만들기 위한 분주함일 것이다

모두 다 떠난 빈 상자엔
일상이 찾아와 자리하고
여느 때처럼
잠자리 함께하려
잡아끄는 대로 품에 안겨
다리 한쪽을 지고 누워있다

어제를 연상하며
자리한 공간은
넓혀진 채 말없이
재우려 할 뿐이다

전봇대

움직이질 못하는 불행
땅에 심겨 있었던 세월 어언 반세기
뿌리마저 내릴 수 없는 운명에 새싹도
꽃도 피울 수 없는 참담함에 서글프다

지나는 수캐 다리 쳐들어 오줌 싸고
취객도 기대여 오줌 싸고 머리 깨질 듯한
냄새나는 쓰레기 발밑에 쌓아놓고 가는
잘생긴 여인 속살 비치는 요염한 엉덩이
흔들며 사라진다

나에 존재 귀히 여기지도 않으면서
밤마다 날 바라보며 아련한 추억 꺼내
비에 젖어 흐르는 초라한 모습에
감성에 젖고 눈보라가 치는 차가운 밤
온몸 오그라드는 아픔 참으며
넘어 지지 마라 불 밝혀주건만
애꿎은 하소연에 서글프다

가끔은 취객이 날 안아 포옹하며 블루스 출 땐

그에 온기라도 느낄 수 있어
행복할 때도 있지만
가만히 서 있는 내게
자동차로 박치기하여
무릎관절 망가질 땐
그 아픔 비명조차도 지를 수가 없다

헌 구두

비 내리는 아침 인도에
고인 물 올려다보며
비아냥거린다

풀리지 않은 짓누름에
숙취 천근에 짐을 진 채
두 다리 번갈아 가며
휘청거리고
내리흐르는 눈까풀
치켜세울 길 없는
골목길 나와
우글거리는 지하철
내장 안에 비벼 넣고
흔들거림에 요람 되어
아침 잠 잔다

아침 햇빛 보지도 못한 채
달도 별도 없는 어둠 속
축축해지는 발가락 사이
세월에 피는 흘러나오고

상처 난 곳에 구두약
밀어 넣어 막아보지만
밀려 나와 떨어져 뒹굴고
고인 물에 우두커니 앉아
찌푸리고 보기 싫은 그 모습
뒷굽으로 으깨 놓고
움막 찾아가는 거지
절뚝절뚝 발걸음
가로등 호의 받으며 간다

추억한 잔

내리는 빗속에 그리움의
그림자가 비에 젖은 채
텅 비어있는
내 마음속에
하룻밤 숙박을 원한다

어깨에 짊어진
무거운 추억이라면
버려도 좋으련만
버리지 못하는 건
미련 때문인가
바보 같은 생각이
짓누르기만 한다

잠시 쉬어 그리움
한잔 마시고
여기 마음속 주점에
들어와서 놀다 가면
좋으련만
아쉬움만 엎어놓고

가버린다

손에 들고 있는 추억의 잔엔
그리움 가득 채워
넘쳐흐르는데
이 한잔 마시고
사랑에 안주 품에 안겨
쉬다 가면 좋으련만
그냥 가야 하는 그 심정
오죽하랴
훗날에는 마셔야겠다

비

그가 온다
집에 아무도
없는데
아무도 없는 줄
알면서
그는 왔다

연락 없이
제 맘대로
왔다

문을 열어주지 않아
서러웠을까
문밖에서 쪼그리고
앉아
밤새 실컷 울었나
온통 다 젖어있다

무명초

삶의 시초 귀한 생명
부모는 잉태하여
세상에 내어놓고
시험을 한다

자연은 말없이 품어 안아
키워주고 벗하며
숨겨주고 번민과 행복
사랑이란 것을
터득하게 하며
그리움을 안겨준다

자중과 인내를 함께
하질 못한 채 생을 다하여
태어난 곳으로 돌아가며
귀함을 새삼 느낄 때쯤엔
조용히 홀로 가는 길
모든 것을 내려놓는다

짓 밟혀도 이쯤에서는
다하고 가니 홀가분하다

하루

바람마저 길 잃어 헤맬 때
바빠진 마음 방황하고
서산마루 노송에 걸터앉은
늙은 태양 긴 한숨에
고단함을 내던지며
바다의 품에 안겨
긴 잠에 빠진다

마음 급한 구름
어둠 속에 길을 잃어
우왕좌왕할 때
가로등 고개 들고
길 밝혀주며
긴 밤 지새운다

휘파람 불며 집으로
가는 새 고단함을
노래하며 숲속에 잠든다

제2부

하루의 위안

어리연꽃

잘 보아야
볼 수 있고
가까이 들여다보면
웃는 모습 볼 수 있다
작아도 연꽃이다
그래서 행복하다

커피

진한 검은색에 빛나는 너에
아름다움을 잊을 수가 없어
오늘도 참지 못해 널 찾는다

검은 너에 아름다움 바라보는
그 눈빛 영롱하게 빛나건만
취할 수가 있는 건
오직 나뿐인걸
너도 기다렸지?
그래서 내가 널 갖는다

내 입맞춤에 너는 출렁이고
와락 나에 입술을 끌어안고
뜨겁게 깨물 때 나에 몸은
파르르 떨며 웃고 있었다

잠

어둠은
나를 재워 놓고
새벽을 깨우려
숨죽여 달려간다

새벽은 아침을 깨우려
살금살금
깨금발로 다가서
발길질에 놀라
눈물 찔끔 흘려
풀잎에 떨군다

아침은
흔들어 깨워
일어나 움직이는
나를 시간에게
팔고 끌고 가는
시간은 말이 없다

늙어 간다

비가 내린다
세월의 비가 내린다
그칠 줄 모르고 내린다
내린 비는 산사태 내고
골은 패어 고단함이
매질한다

우산은
준비되어 있지도 않는데
비는 쉬질 않고 내려
디딜방아처럼
두 어깨 들먹이고
마음속에 고인 빗물
흘러넘치도록
세월에 비는
그칠 줄 모른다

댓잎은 흠뻑 젖은 채
꼼짝 못 하고 잠이 들었나
긴 잠에 깨어날 줄 모르는데
눈시울 적시며 세월에
비는 내린다

바다에 내린 비

너울너울 일렁이는 파도
모래 사이 들어앉아 적시고
빠져 나간다

내리는 비 바다 위에 떨어져
짠물은 덮어 감춘다

바다에 짭조름한 물
싱겁게 하려 비는 한바탕
쏟아지고 나서 맛을 보고
기절한 빗물 파도는 안아
흘러가버린다

옛길

*시나브로 가는 길
비포장도로 옆
*흙감태기 면사포 쓰고
나를 반기는 *살살이 꽃

가을이 오기 전에
빨리도 나와 보고픈 마음
왜 모르겠냐만
아직은 이르기만 한데
푸른 잎 춤을 추는걸 보면
유년에 돌멩이 타고
띠뚱 거리며
학교 가던 길
*사그랑이 멀뚝 서서
고단하게 *걸레부정되어 있네
지금은 늙어서 줄어들었나
좁다란 골목길 되어있는데
변하지 않은 도린곁
그대로인데
나만 홀로 변형되어

이 길을 걸어본다

깔깔대며 날 따라오며
웃어주는 살살이 꽃
톡하고 터질 것만 같은데

* 시나브로: 모르는 사이 조금씩
* 흙감태기: 흙을 뒤집어 쓴 사람
* 살살이 꽃: 코스모스
* 사그랑이: 삭아서 못 쓰게 된 것
* 걸레부정: 걸레같이 허름한 것
* 도린곁: 인적이 드문 외진 곳

소쩍새 우는 밤

흰둥이 검은 눈
앞산 바라보는 저녁이다
저녁밥 부족한 듯
밥그릇 핥는 모양.
너무 아쉽다

아직 여물지도 않았는데
한낮 더위에 지친 어린 수숫잎
축 처져 저녁을 맞는다

어둠은 오고
소나무 숲 휘파람새 부른다.
흰둥이 몸을 구겨 눕는
모습 그도 그것이 삶인가
다 추억이 되었다

누군가와 말을 하며
밥을 먹는다는 것도
행복이고 추억인데
어둠에 묻힌 집안에는
전등이 눈을 부라리고
한숨지으며 짖어대는
흰둥이도 꿈속 집에
갔나 보다

안개비

산천엔
아침 바람
산책하고
뱃고동 소리
귓전에 뜀박질할 때
작은 흔들림은
오늘을 예고하는 것만 같다

암흑처럼 고요함이
옥죄어오는 것을
산비둘기 부리로 쪼아대고
촉촉이 젖은 잎새는
아직 늦잠 중이다

내리는 안개비
배가 고팠나
힘없이 주져 앉는다

삼복더위

사각사각 들린다

대청마루 쪽문으로
들어오는 매미의 노래
잠시 쉬는 시간
자연에 관객 지루할까 봐
바람
노래하며 춤을 춘다

댓잎에 치맛자락 나부끼는 소리
삼복에 뜨거운 형제도 춤춘다.
매미 중창 소리 더운 바람
대밭에 들어와 땀 식히고
너울너울 춤추는 모습
옷고름 풀어헤치며
버선발에 여인의
춤사위와 같다

뜨거운 바람도
삼복에 형제도
댓잎 춤사위 따라 나풀대며
더위 넋 잃은 채 바라만 본다

여름날

산모퉁이 꺼벙이 지난
길옆 숲엔 풀벌레 울고
모퉁이에서 소식 들고 올까
한참을 바라본다

발걸음 옮길 때마다
가슴골 타고 흐르는 땀방울
간지럼 태우는 여름날
노을빛 품어 안고 매미의 노랫소리
긴긴 하루해는 지루했나
빨리도 재 넘어 간다

등물 하는 바가지는
물 위에 졸고
엎드려 물 켜 얻어줄
손은 간 곳이 없다

일찌감치 찬거리 장만하러 나온
모기 기력 없어 기어들어가는 소리
배고픔을 짐작할 수 있다

비가 내린다

비가 내린다
하염없이 내린다

천둥소리에
놀란 비 곤두박질
치면서 내린다

내리는 비
이탈하여
유리창에 매달려
애원한다

춥다며 문 좀
열어 달라
유리창에 매달려
두드린다

마주친 눈엔
눈물이 글썽이고
매달린 손에 힘이 없어

주르륵 떨어져
내린다

비가 내린다

너와 나에 마음에도
그리움의 비가 내린다

비의 서곡

가는 길에 쉬어가고
오는 길에 쉬어가기를
몇 날인가
구겨진 마음
펴질 날 드물다

온갖 것들은
젖어있고
죽어 떠도는
영혼마저
젖은 채
수그린 애처로움만
엄습해올 뿐이다

하루는 젖은 채
흐느적거리고
별도 달도
없는 밤엔
마음 젖은 채
말려보려

할 뿐이다

해가 반짝 떠오를 때면
흐르는 짭조름한 땀
온몸기어
다닐 테고
땀이 마를 때쯤
빗소리 그리워 질것이다

이불

어둠은
옷을 벗겨놓고
알몸으로 재운다

이불에게 감싸 안아
재우게 하고는
어둠은 조용히
곁을 지킨다

닭 우는소리에
어둠은 이불 속
알몸이 된 나를
더 재우려 하고
아침은 다가와
이불 걷어치우며
일으켜 세우려 애쓴다

어둠의 품에 안긴 채
알몸을 밤새 감싸준
이불이 그리워

아침이 내민 손이
싫어 만진다

밤새 곁을 지켜주던
어둠도 사라지고
아침의 호된 호통소리
알몸 꿈틀거리며 일어난다

미움

나는 당신을 사랑합니다

그런데 당신이 미워지려 합니다

나는 어찌해야 할지
고민 속에 갇혀 있습니다

나는
당신을 미워해야 하나요
사랑해야 하나요
물어도
대답이 없습니다

그래도
내 가슴속에서는
당신을 사랑을 하고 있습니다

이유는 모르겠습니다

생각 속에 상처가 나지
않기만을 바랄 뿐입니다

밉기에 사랑하나 봅니다

호우

적시려 하는 것이 몸이라면
맘 내키는 대로 적셔라
긴 병 효자 없듯 긴긴 내림에
누가 감성에 젖으려 하겠는 가
우산 속 엿보며 그리 파고들어
쏟아 붓고 싶은 마음
한 줄기라도 적시고 싶음
그리 퍼부어라
말없이 맞아주겠다

흐르는 빗속에
비척이며 흔들릴 때
머리에 올라앉고 등에 매달려
끌어안아 적시 거라
젖어 축축해진 몸
원망하지 않으리
흠뻑 배이게 젖어든
너를 품어 가련다

오늘 아침

새벽이슬 품어 안고 내린 비
처마에 매달려
하늘만 쳐다본다

비구름 뛰어내릴까 말까
망설여 하루를 생각하며
고민에 빠져있다

저러다 쏟아지면 어쩌나
걱정이 앞선다

몸의 눈물

눈두덩 위에 걸터앉아
준비 중인 짭조름함
떨어질 듯 대롱대롱
쫓아내 주는 이는
후끈 달아오른 손등뿐
무거운 팔 들어 올려
매달린 걸 으깨 놓고
산산이 부서져
손등에 사라져가며
젖은 손에 매달려 사라져간 그는
모래밭을 건너 바닷물에
섞이고픈 바램
소나무 사이
바라보며 가고픈
그리움에 계속 흘러 내린다

붉게 충혈된 눈
손등은 씻겨만 주고
매달린 땀 말없이 운다

막차

크나큰 창고 안엔 텅 비어 썰렁하다
두 바퀴 구르는 소리 이따금 들려오고 오가는 상자
실은 수레도 잦아들고 표정 없는 로봇 정해진 대로 움
직이며 시계도 없는데 초침 소리 째깍째깍 귓전에 쉬
지 않고 가쁜 숨 몰아쉬며 간다
신은 속치마 벗어 가로등 덮어 재우려 하고 그어놓은
줄 따라 도망하는 검은 바퀴 언덕 위로 잘도 굴러 올
라간다

침침한눈 뿌옇게 보이고 기다리는 이 없이 큰 창고
안에 쪼그리고 앉아 노숙자 된 채 오지 않을 시간 붙
들고 매달려 애원하며 검게 탄 마지막 여섯 바퀴 무심
하게 뒹굴어간다

우중에 핀 꽃

네 번째 글벗 행사
맑은소리 시낭송
가족의 이모저모
궂은 날씨도
잠재운 아름다운
여심
이 여인들을
누가 아시나요

하루의 위안

잊어버리려
이른 아침부터
분주하다

아침에서 저녁까지
멀고도 짧은 시간은
인사 없이 멀리로
사라진다

진정 잊어야 한다면
그렇게 잊어버려야
한다면 인사 없는
오늘과 동행을
해야 한다

그래서
잊어야만 한다
인사 없이 가는
오늘을 잊어야 한다

제3부

가을로 가는 밤

내려놔

짐을 내려놓으려
지게 벗었더니
지게는 쓰러지고
일으켜 세우려 해도
세울 수 없는 것은
의욕이 없어서 일 것이다

짓밟히고
일어나면 또 짓밟히고
그나마 힘이 되던 이도
뒤돌아 가버리고
혹독한 시련만을
짊어지게 할 뿐이다

참 힘든 시간
힘든 날들에 연속
마음은 초조하고
오갈 데 없이
하나만을 가려고
하나만을 가지려
했건만 이제는
마음에 짐을
벗고 싶다

배롱나무 꿈

백일의 정성으로
꿈을 가득 담아
행복을 던진다

아침 해 소나무
가지에 누운 채
거드름 피우고
이슬에 젖은 몸
엎드려 누굴 기다리나
온몸에 퍼져가는 설렘
발밑에 잡초 엎드린 채
깊은 잠에 빠져있다

아무런 말도 없다
닫혀있던 눈 열리고
밤새 굳었던 몸
뒹굴며 매달린 채
그네를 타며
핏줄에 물오름
넘치는 심장엔
붉은빛 튀어나와
가을을 부른다

탈선

세월의 시간이 번쩍
빛이 나게 달려온 레일 위.
달빛이 비치던 것은
그리 멀리도 아니었는데
녹이 슨 철길에는
잡초만 자란다

바람도 따라갈 수 없었던
지난 시간 지치길 거부한 채
뒤따라가기 숨이 가쁜 날들은
꺼져가는 심지가 되어만 간다

굽이굽이 돌아가는 길
언덕배기 오르막에
발을 헛디디고 멈춰서면
뒤따르는 마음에 객차는
어찌 굴러가란 말인지
안타깝기만 하다

궤도에 오르지 못한 채
한숨 소리 콧구멍에
뜨거운 바람만 나올 때
식어가는 마음
언제쯤 달려가려나
승선한 바람 내뱉는다

아침이슬

밤새 내려 풀잎 위에 졸다
아침의 품에 안겨 잠이 든다

고요한 산촌에 아침
풀벌레의 합창
가을을 부르나
여름이 아쉬워
부르는 이별에 노래인가
실바람도 목청 커진다

영롱함에 아름다운
미소에 다가설 때
겁에 질려 떨어지는 아침에
윙크는 바라보는 눈을
마비시킨다

당신께

나 홀로 당신에 마음
그려봅니다

내리는 비가 차가운 건
당신에 마음이 그런 걸
왜 모르겠나
당신 마음 멀리로 떠나갔을 때
아무도 없는 산길에
산새의 노랫소리 죽이며
나에 마음 들려주련다

누가 그랬나
사랑은 시들지 않은 꽃이라고
피어난 꽃이 있으면 지는 꽃도
있기 마련
아픔을 감추려고
그 누가
그 누군가
만들어낸 슬픈
말이라는 걸
나는 알고 있다

점심

반찬은 고작 푸성귀뿐이다

밭둑에 호박잎
콩밭에 콩잎
항아리 속 비를 피해
엎드려있는
된장 한 술에
쌈 싸서 먹는다

후식으론 내리다
말고 방황하는 구름 한 조각
입에 오물거리며 먹어보지만
죽을 만큼 맛은 없다

내리는 비 바라보며
커피 한 잔 들고
오늘을 잡아먹는
시간에 마음을 던져본다

전화

바람이 가져다준
그 사람에 냄새는
비에 젖은 채
실신하여있고
목소리도 바람에
찢긴 채
건네주고 간다

이럴 땐 어찌해야 하나
갈등으로 심란할 때
폰에서 그 사람이
소리친다

여보세요~

가을로 가는 밤

어둠이 덮은 하늘엔
구름에 갇혀 나오지 못하는
은하수 빛은 꺼져만 간다

바래지 않을 거 같던
푸른 옷 한 벌 누더기로
탈색되고 흰머리 늘어트린 채
바람의 매질로
흔들리는 억새는
이 밤에도 이슬에 젖어
잠 못 이룬다

깊어가는 밤에 적막은
귓전에 울려 퍼져
고단한 풀벌레의 잠꼬대
애간장만 태우고
밤새 몸단장에 바쁜
악사들 너울대는 치마폭에
잠이 든다

쓰러져야 산다

생에 고난은 살기 위해
쓰러져야만 했다

푸른 하늘만 바라보며
밝은 태양만 바라보며
그들에 사랑만을 받으며
살아갈 수만 있다면
얼마나 좋을까
가끔은 시련과 아픔을 주면서
강하게 살라 한다

매질에 수그리고 누워 있다가
삶에 의욕으로 다시 일어나
살아야 하는 이유는 없다

어쩌겠는 가 누군가 내게
생명을 주었고 나는 그에
실망을 덮기 위해 쓰러져도
자빠져도 다시 일어나
그에 기쁨을 보는 것이
나에 기쁨인 것이다

쓰러트리는 것은
다시 강하게 살라는
매질일 것이다

소녀의 순정

가녀린 붉은 입술
이슬에 젖고
비에 젖어도
변할 수 없는 것은
다섯 손가락에 업히고
싶어서 일 것이다

길고 긴 여름날에
어여쁘게 단장하고
하얀 고무신 위에 앉아
사뿐히 걸을 때에
그리운 임 소식 전해 온단다

첫눈이 내리면
어루만져 준 님 생각
손톱 위에 그 이름 쓰면서
다리 건너 그림자 설레는
마음만 종종거린다

생각

밤을 잃어버리고
어둠 속에서 헤매는 마음
저만치에서
다가오는 그림자
뜬눈 뜨고 볼 수 없는
것은 보이질 않아서이고
깨어나는 아침에
눈이 떠져
보이는 건
허공 속
산을 덮은
운무뿐이다

너와 나는 글벗

우린 서로 알 수 없는 사이
글 속에서 만나
인사를 하고
글이 중매하여
맺어진 인연이었다

어디에 사는지도
누구인지도 모르는
글속 세상에서 얼굴과
이름 석 자로 악수하고
인사하면서 친구가 되어
위로하며 보듬어준
인연이 되였다

그리 만남이 쉽지도 않지만
우연히 만남은 설레고
쑥스럽지만 웃음으로
화답하고 안부를 물을 때
우리는 친구가 되어있었다

너와 나의 오가는 이야기 속에
또 다른 삶을 얻어 가며
추억으로 가는 글벗 친구다

풀벌레 우는 밤

별도 감춰버린 어둠은
풀벌레의 곡소리도
덮으려 고요를 뿌리고
외로움을 무서워하는
그리움을 울게 한다

잠 못 이루는 이들의
가슴에 숱한 쓸쓸함을
심어 싹을 틔우려 하는
가을밤은 야속하기만 하다

잊으려 했던 기억 속
시린 사랑에 아픔을
꺼내오게 만들려고
밤은 길기만 하다

분신

말이 없다
숨소리도 없이
수행원 되어
뒤따르지만
귀찮지도 않다

있는지조차도 모르고
가끔은 미안하기도 하지
움직여야 살을 수 있는
너에게도 생명이
생각해본 적 없지만
배고프다 목마르다
한 적도 없었다

늘 검은 의복 하나로
만족해하는 그 모습
참 안됐다 생각이 들지만
곧잘 따라 하는 것이
느껴지는 건 왜일까
내가 잠잘 때나
죽을 때는 함께
생사고락 할 나에 혼
너는 나의 분신인가
영혼에 그림자인가
너를 먹어야겠다

태풍

빗줄기는 어둠이 오기 전
더 세차게 때리며
나를 언급하는데
어쩌야 하나
겁에 초조함이
나를
도태시키려 하고
애타게 부를 수 없는
빈 마음에 채워지는 건
막연한 미련뿐이다

문밖에서 웅성대는 소리
귀에 들어와 자리할 때
생각은 분주하게
부산할 뿐이다

관망

태풍은 예고 없이 다가와
휘몰아쳐 쓰러트리고
꼼짝 못하게 가둬
멀찌감치
예의 주시한다

갈증에 포근한 신선함을
젖도록 싸놓고 담보로
혼을 가져가버렸다

느낌
생각
정리
오랜 시간에서 근수를
달아야 하기에
들어보고 내려놓고
자루 열고 속 안을
뒤집어보면서
색이 변질되는지를
유심히 관찰을 한다

팔수도 버릴 수도 없는
귀하지도 않지만
딱히 버릴 수도 없는
심중에는 아직도 많은
호기심이 마르지 않아서
수시로 확인하여
제품에 이상 유무를 체크한다

더위

당신이 보고 싶어 할 때
머리를 때리고
꼼짝을 못 하게 하며
보고 싶은 마음조차
묻어놓고 가버린다

그리워서
고통뿐이었을 때
오늘 단 하루라도
사랑할 수 있다면
후회하지 않을 것 같은데
기약 없는 기다림
부는 바람은 지워
종일 빛나던 태양을
잡아먹은 구름은
거드름 피워 달을
꺼내 놓으며 어둠 속으로
사라져간다

스산함에 움츠려지는 밤
벌서 인가 생각하라는
당신은 가을이란 걸
알게 되었다

9월

가을이 기어 와서 그리움을 준다
시간은 더하고 날들이 늙을수록
오지 못하는 그리움 파낸다

푸른 잎새 슬퍼 울다
붉게 바래갈 때
갈바람 매만지며
상처 난 마음 시리게만 한다

갈구하는 것은
구월이 데리고 온 사랑이지만
품어 안을 수 없는 것은
외로움이다

기러기 날아오를수록
가을이 늙어가며 쓸쓸함을
던져준다

정

알몸 드러내
잠에 깨어나
창피해 부랴부랴
감추려 잎새 피워보지만
속살은 여전하다

더위에 지쳐
견디다 못해
빛바랜 옷 하나씩
벗어던져 깊은 잠에 들면
세월은 한 페이지 넘긴다

오늘이 있어
다행인 것은
눈으로 말하고
마음으로 건네는 정
당신이 있기에
가능할 뿐이다

구름에 찔린 노을

뒤돌아보면 아무것도
없는데 무엇에 쫓기며
도망하듯 살아야 했는지
모르겠다

잘 영글어가는 가을 햇살에
어디선가 비행하며 떨어지는
잎새 하나 그도 가을 타나
고독에 찌든 채 가지와
이별을 한다

아파할 수도
비명도 지르지 못한 채
서산마루 넘어가는
뒷덜미 찌르는 구름
뿌리칠 수도 없는
고단한 몸 가을에
아픔이었나 보다

밤비

밤비가 하염없이 내리는
어둠 속 창문 열고 내다보며
달래주길 바라는 듯
그칠 줄 모른다

떨어지는 아픔에 하소연
얼마나 아프겠냐만
일어서질 못하고
너부러져 기어가는
그 모습 핏기조차도 없는 것이
내 눈물과 도 같다

곤두박질치며
추녀에 매달리지 못하는
너에 운명 어쩜 나와
같기만 하단 말이냐
무서워 우는 것인가
서러움에 복받쳐 우는 소리가
잠마저 적셔놓고 내리는
밤이야 나를 깨우지 마라

나도 따라 슬피 운다

갈색에 잎마저 젖은 채 꼼짝을
못하고 주르륵 흐르는 물줄기
어느 사내에 오줌 줄기인 듯
세차게도 쏟아만 진다

제4부

그리움은 헤어지고

바다는

바다는 높은 산을
쳐다보려 하지 않는다
굳이 산을 봐야 할
이유가 없기 때문이다

넓게 펼쳐 놓으면 산은
그림자를 앞세워 슬금슬금
바다로 들어와 몸단장하며
비추어 보려고
들어오기 때문이다

포구에 아낙을 굳이
품어 안으려 하지 않는다
아낙은 저절로 저절로
바다의 질척한 품으로
들어오기에 애써 품어
안으려 하지 않아도
되기 때문이다

바다는
가만히 있으면
모두가 그 품에 안기려
오기 때문이다

가을바람

아무런 말도 하지 말아 줘
말을 하면 눈물이 흘러내릴
것만 같으니까
봄 햇살 가득한 어미의
사랑도 받지 못했는데
어찌 쓸쓸한 아비의
사랑을 받으려 하나
초라해진다

시간이 갈수록
커져만 가는 마음 한 가닥
이빨 빠진 나뭇잎 사이로
내려오는 햇볕
왠지 서글픔이 정수리에
흐르고 있다

굽이굽이 능선 넘어
계곡 건너 불어오는
바람에 머리를 빗고
양지에 앉아

버려진 마음을 말리며
아무도 찾지 않는
낯선 카페에서 널 기다려본다

사랑도 모르는 너를
아무 말도 할 수 없는
이 마음 억새밭에 숨어있는
너만은 알고 있겠지
널 이해하려 긴한 숨
지나는 바람의 등에
업혀 보낸다

도시의 달

내 생애 수많은
절망 속의 나는
혼자서 방황을 했다

아무도 없는
칠흑 같은 밤길에
밝혀주고 벗하는 건
즐비하게 늘어선 채
지지 않는 달 뿐이었다

열두 달 뜨는 달은
늘 보름달이었고
동경하는 누군가는
그리움에 훔친 눈물
손등에 적셔질 때도
새벽녘까지 비춰주며
희망을 준다

모로 눕지도 못하면서
둘이 손잡고 거닐 때
만족해하며 골목길
모퉁이 돌아 숨어도
뒤 따라오며 배웅만
해준다

이슬 젖은 억새

구름도 잠든 밤
별들은 어둠 밝히고
노니는 가을밤
한낮 더위에 흘린 땀
닦아내려 이슬 내릴 때쯤
몰래 잠들어있다

한껏 뽐내려 갈색에
물들인 억새 젖은 머리
흔들어 말리려
이른 아침부터
바쁘기만 하다

바람 따라 어디로
마실 하려나
몸매 어루만지며
머릿결 빗어 넘긴다

여름

한마디 말도 없이
살며시 가버렸네?

서운했나!

아님 미안했구나!

견디기 너무나 힘든
뜨거운 사랑은 너의 진실로
풍성한 계절을 데려다주니
고맙긴 하지
단단하게 잘 익어가는 대추
가시 대문 열고 빼꼼히
내다보는 알밤 부끄러움에
얼굴 붉히며
잎새 뒤에 숨는 감
가을바람은 그 향기
데려다 놓고 울긋불긋 물드는 고운 단풍
파란 하늘 흰 구름
두둥실 떠있고
높고 높기만 한
푸른 하늘 그래도 뜨겁던

너에 사랑으로
맺어진 결실이야

마음

가슴에 불을
지펴놓고
가버린 뒤
활활 타는 마음속
불을 끄려
비는 내린다

세차게 쏟아지는
빗줄기 백사장
모래 떠내려
바다를 메우려 해도
움직일 줄 모르는
작은 모래알
그 속에 고인 빗물은 운다

수고

풀벌레 합창소리
어둠을 찢어
구름 속에 잠든
별 들의 잠꼬대와
화음이 잘 어울리는 밤

오늘 수고한
최고인 당신
보상받는
아름다운 밤이 되길
바랍니다

가을밤 음악회

무대를 덮은
검은 커튼은
관객을 초조한
기다림으로 만든다

조명이래야
그리 밝지도 않은
흐트러져 제멋대로
나열된 별들뿐
높은 천정에 박힌
조명 아래 지휘자도 없이
연주는 시작되었다

긴 밤 내내 연주는
계속될 것이고
관객이라고는
이슬에 젖은
풀잎과 파란
낙엽뿐이다

보라

그리움 젖어드는 것은
또 다른 추억을
만들기 위함이고
추억을 간간이
꺼내보려는 것은
늙어가느라
그런 것이다

가을밤 풀벌레
울음소리는
세월이 지나는 길에
악사들의 행진곡이다

인간은 바빠지고
무거운 짐 보따리에
채워 넣으려
욕심만 피운다

거미

날고 싶어도 날 수가 없다
밤이슬을 맞으며
아침 해 뜨기 전까지
뜬눈으로 밤을 지새운다

후미진 곳에 숨어 살피며
찢어진 그물 손질을
한 땀 한 땀 꿰매며
속살을 빼낸다

창공에 던져 놓은
그물에 걸려든
먹이를 먹으며
혼을 녹인 긴 무명에
밧줄 잡고 바람이
밀어주는 그네를 탄다

남자라서

가로등 땅거미 지우려
눈 부라리고 바람 찢으며
달리는 자동차 거친 숨만
몰아쉰다

얄팍한 움막집에
하나둘 모여드는 그림자
유리병 누이며 쓰디쓴
오늘을 삼키고 쓰러지는
하루를 마신다

뿌연 담배연기 뿜어
울부짖어 쌓인 설움
토해내며 웃으려
애쓰는 모습엔
고단함이 자리 잡아
미소는 주저앉아
눈물 흘리는데
천하를 손에 쥐려는 꿈
무너지는 희망에 비틀거리며

내일 없는 내일을 마신다

취한 김에 용감해지려는
가장에 축 처진 어깨엔
바람도 떨어져 울고
태산만한 마음
쓰러져 잠이 들면
얼굴에 흐르던
고단함도 잠이 든다

그리움은 헤어지고

뜨겁던 열기 식어갈 즘
또 다른 색으로 감추고
수많은 이야기와
추억은 초목에 넓은
잎으로 덮어둔다

낡아 쓰러지려 하는
산속 허름한 집 한 채
매일 같이 내려다보고
대서양 건너가려나
헤어짐에 서막은 치고
중얼대는 해 말없이
가며 초목에 그늘진 잎사귀
지나는 바람 표식을 남긴다

잠시 머물던 추억에 그림자는
표식도 없이 돌아 가버리고
찾은 들 불러 본들
메아리만 귀청 괴롭힌다

구름, 태양, 바람 그리고 바다

강렬한 태양 바람비는
떨어질 것 같지 않은
그들에 사랑
세월은 시간 시켜 헤어지게
하는 껍데기 사랑
헤어진 그 사랑 그리워서
시린 아픔 견디며 또다시
혼을 다해 사랑을 피운다

뻔히 당하면서도
반복된 이별은 자라기만 한다
더 많은 욕심에는
파란 잎새 되어 나뒹굴지만
벌레 먹은 구멍으로
내다보이는 구름 속 한줄기
새어 나오는 빛은
무엇으로 막나
손가락 사이로 숨어들어오는
이별에 눈부심
이것이 사랑 방정식이었나 보다

이별하기 위한 사랑은
마음에 고여만 있다

아침 해

눈이 부셔 눈물 고이는
눈가에
아침 해 떠있었고
강렬한 빛 속에
당신이 웃고 있었다

손등에 눈물 훔치고
다시 보니
당신은 사라져
간 곳 없고
숨바꼭질하는
잎새 곁눈질로
웃는다

석양

너무 황홀하고
아름다워 눈을
뜰 수가 없고
혼미하게 취한
저 찬란한 빛
오래 머물지 못하고
뜨거운 열정 식히려
바다에 풍덩
눈이 멀어버린
장엄한 노을에 종말
안타까운 그때 그 여인의
뒷모습처럼

부엉이 우는 밤

나도 따라가고 싶었는데
잰걸음으로 달음질 쳐
산 능선 위에 타는 노을
뒤따르는 달빛 잡고
울며 사라지는 뒷모습
야속하기만 하다

그도 고향이 그리웠던 가
따라갈 수 없었던 가
명절이 다가오며
길 밝혀주는 별빛 아래
부엉이 우는소리
고향 떠난 그리움에
부르는 애가인가
애절함이 사무친다

아내 같은 부인

쪽빛에 저고리
황톳빛 치맛자락 여미며
가을 해 머리에 이고
젖은 몸 말리며 간다

아내는 병석 내 안에 누워
신음소리조차 내지 못한 채
힘겨운 삶에 늙어 살아가는데
힘에 부친 지아비 눈가에
패인 골 사이 노을빛
자리할 뿐이다

저 멀리에 부인은
윤전기 돌아가듯
쉼 없이 헐떡이고
기약 없는 재회는
갈바람이 요단강 만들어
바라보게 한다

달아, 달아

언덕배기 산 능선에
힘겹게 올라온 너도
고향 찾아 가는 거냐
고단한 삶에 지쳐 있는 듯
핏기조차 없는 그 모습이
나와 같다

삼백예순 다섯 나라에
반 토막 살고 보니
이제야 떠지는 눈
둘러보니 변하여 낯설고
깜짝 놀란 건 너의 빛에
내가 변형되어
더 놀랬다

예전에 부엌에
기름 냄새 진동하고
부침개와 오색 음식에
목구멍소리 요란하게 만든
안주인은 떠나간 지 오래건만

그 냄새마저도 떠나갔나
허기진 개 달 보며 짖는
처량함에 애달프기만 하구나
너도 가다가다 힘들면
능선에 올라 쉬었다 가려무나
가다가 울 어머니 보거든
내전한다며 추석 명절
차례상에 올릴 음식 초라하다
전해주길 바란다

참사랑

목 타는 갈증으로
힘겹게 버티고
뜨거움 막아주던
푸른 잎 어딜 갔나
밤새 내리는
차가운 이슬
알몸에 내려
시리기만 하다

살아있는 건 같지만
어이해 맺어질 수 없는
기막힌 삶이더냐
갈라져야만 하는 운명
사모하고 그리워한들
끊어진 인연 고통 속
기거를 하게만 한다

산천은 변한다지만
함께하며 벗하련만
애태우며 까만 숯덩이 된

이 마음 누가 알아주리오
동트면 애절하고 석양이
숲속으로 들어가면
그리움 사무쳐 가슴을
쥐어 잡고 흐느껴보지만
이룰 수 없는 사랑은
불러도 대답이 없다

온몸 구겨 넣고 그리움
흐느끼며 힘겹게 머리
내밀어 산 중턱 올라
바라보며 목소리라도
듣고파 두리번거려도
들리는 건 풀벌레의
울음소리뿐
그리운 목소리라도
들어보고픔
산사를 울리던 염불
소린 간곳없고
바람만이 억새 흔들어
울리고 간다

가을 풍경

종이컵에 아이라인 녹아
검은 하늘 비춰
한 모금 마시니
눈부신 햇살에 수줍어하고
푸른 잎에 빛나는
은빛에 광체가
눈이 부시다

가을 햇볕에 그을린 곡식
뜨거움에 몸부림칠 때
그늘 되어주는 구름 한 점
버티지를 못하고 떠난다

숨어있는 미소는 깊숙이
숨어있고 재킷 깃 올리고
걷는 뒷모습에 향수는
헐떡인다

제5부
아물지 않는 상처

늙어가는 것

어린잎 자란 자리엔
푸른 잎 떨어져 있고
작년에 떨어진 낙엽
먹이 되려 곰삭아
골다공증 되어
누워있다

지난날 아름다운
햇볕에 등 을 내주었던 가
앞에 서있는 내가
삼척 이되어 앳된 모습
먹어 자랐나 보다

가지 사이 숨어 쳐다보는
노을빛 너도 나와 같다
말하지만 아직은 아니다

사랑

깊은 산속에
숨어살면서도
사랑하고픈
생각 잊어 본 적 없다

가을바람

몸이 시려 하며
환영받지도 못하면서
계속 쫓아와서
어루만진다

뜨거운 눈물
지난 더위에 끓였던 걸
쏟아내며 데우려 해도
가당치 않다

그들도 더울 때는
땀날까 봐 숨어 지내다
가을 햇볕에
마실 나왔나
신이 나있다

그래서 가을이다

시루에 뚫린 구멍
갈바람 들락거려
허전함 쌓여 태산인데
눈 빠진 허수아비
귀 구멍 찾던 바람
바짓가랑이 붙잡고
주저 않아 이슬에 젖어
마르질 않는 마음은
떠난 미움 때문이다

뒤쫓아 오는 그림자
매달려도 느낌 없는 게
나뿐이겠나
그도 그럴 것이다

가로막고 콧구멍에
들어와 후비고
나가는 그는 오늘 밤
시린 마음 어디에
묻어 두려는지 발걸음
소리만 재촉한다

일출

밤새 추워 떨던 그녀
여명이 밝아오면서
움츠린 채 부스스 깨어나
헝클어진 머리에
허름한 겉옷 걸치고
기다린 그 모습
아름답기만 하다

억새 헤치고 떠오른
아침 해 바쁘기만 하고
움츠린 그녀의 등 뒤에서
살포시 안아 준다

매서운 뜨거움에
짧은 하루는 잰 걸음
석양빛에 걱정하며
투정하는 그녀는
어둠을 몰아내려 애를 쓴다

갯바람에 흔들리며 피는 꽃

갯바람에 콧물 머물다
흐르는 백사장 언저리에
수평선 바라보며
누굴 기다리나
햇볕에 사랑을
듬뿍 받았다 하지만
기다림에 지친 그 마음
저녁노을 이별 없이
야속하게 가버린다

상큼한 미소는
소리치며 달려오는
파도 애타게만 하는데
정녕 기다림에 발걸음
소리 기다리다
지는 사연을 전해줄 이는
어디에서 멈춰서 있나
금계국은 가을 햇볕에
억새 팔베개하고
잠들었나 보다

몫

그에 아침인사는
메말라있었고
이별 인사는
넉넉했었다

찬바람에 새싹은
자라길 거부하고
매달린 잎새
이별을 준비할 때
다가오는 발걸음은
멀어져 가고 있고
떠나가는 발걸음은
지척에 널려 있었다

가을 사랑

화장 짙게 하고 집 나간 여인
한 겹 두 겹 벗어 속살 보이고
몸 흔들어 미소 짓던 모습
기억 속 스크린 꺼지질 않는다

흘리는 땀 바람에 말리고
내리는 비에 목욕하던
아름다운 모습
터질 듯 내다보는 속살은
누구에게도 허락하지
않으려 이리저리 피하며
애간장만 태우던 그녀는
어디로 갔나
간 곳이 없다

빛바랜 누런 옷 깃발 되어
낡아 너덜거리는 구멍 난 마음
기다림에 긴 목 돌아가고
뚫어진 마음으로
들락날락하는 바람
시린 가슴엔 흘릴 눈물마저
마른지 오래다

부두

한밤에 철썩이는 파도
방파제 등대와 친구하며
밤을 새운다

갯바람은
잠드는 억새
두드려 깨우고
파도 소리 들으라 하지만
감기는 눈 떠받칠
기력조차 없다

작은 쪽배 묶인 채
도망하려 몸부림쳐보지만
헝클어진 마음 가슴 터져
새어 나오는 헛소리는
등대 불빛만 알아듣고
미지의 세상을 향해
머리 돌려 찾는다

실종

애지중지 간직했는데
소중하게 간직했는데
사랑이 불러 동산에 뛰어놀다
흘리는 줄도 모른 채
그리움 잊어버렸다

몇 번을 찾아봐도
수만 번 불러도
그리움 간 곳이 없네
애타게 부르는 소리에
붉은 잎새 놀래 떨어지고
혀를 차며 외면해버린다

가시나무 밑에 흘렸나
길섶에 흘렸나
풀숲에 흘렸나
잃어버린 그리움
찾을 길 막연하기만 하다

낙엽 속에 묻혀 썩어가는 것일까
다시 찾으면 기쁘려나
마음 아프려나 걱정이 앞선다

흰 구름

나 당신을 보았네
이 가을의 문턱에서
부는 바람에 당신은
떠나갑니다

저만치 머리를 휘날리며
천천히 걸어오는 당신은
참 아름답기만 하네요

두 팔 벌려 꼭 안아
눈을 떠보니 당신은 없고
바람만 휑하니 날 밀치며
달아나버리네요

그래도 괜찮아요
내 마음 가슴속엔
언제나 당신이 있기
때문입니다

새하얀 목화솜처럼
부드럽고 포근한 흰 구름 당신
그런 당신이 나와 함께 있기에
즐겁기만 합니다

사랑

그녀는 관심도
없는데 매달려야
했었다
초라했지만
사랑했기에

아물지 않는 상처

얄팍한 가슴에
문풍지 울듯
떨림을 숨겨야만 했다

찢어지듯이
연모의 미래를
슬그머니 허락도 없이
도안해버렸지만
지울 수 없는
모조지 위에
나만의 지도를
그려 펼치기도 전
그녀는 이미 정해놓고 있었다

설계한 가슴속엔
너덜거리며
떨리던 문풍지같이
마음은 찢어지고 말았지만
상처를 치료하는 입김은
전신을 마비시키고 있었다

마중물

빛이 없는 어둠 속
잠든 긴 세월
잡아끌어 울컥울컥
토해내는 맑은 영혼
푸른 하늘 보며
닮으려 춤을 추는
항아리 안에 희망은
튀어나온 불뚝한 배
작은 입 넘치는 물
폭포 되어 흐른다

잠방이 옷고름 풀어헤치고
귀 떨어진 바가지에
요동치는 물 벌컥벌컥
들이 마시고 한숨에
앞산 소나무 가지 흔들리니다

물동이 이고 치맛자락
끌며 앞서가는 여인에
뒷굽 춤을 추고
쫄렁거려 탈출하는 물
여인의 등에 업혀 간다

행복

기다려지고
설레는 진동은
머릿속에서
잔잔히 울려왔다

마주한 시간은 짧고
떠나갈 시간은 길었고
낙락장송 되리라 믿었던
혼자만의 약속은
들녘에 잡초가 되었다

행복은
언 땅 녹아 힘겹게
자라나는 새싹이었고
다 자라나면 귀찮은
잡초일 테지만
그래도 가쁜 숨 몰아쉬며
허공을 가르는 기다림은
기쁨이었다

행복은
또 다른 거름을 머금고
새롭게 자라나 태어날 것이다

가을밤

벌써 이렇게 되었나
뜨거움이 시들은 채
밤에만 살아남기를
수많은 날 기력 다해
여기까지 왔는데
이젠
시들지 않고 살아 보려나
했더니 뼛속까지 적시는
야속한 가을비 피할 길
막연하고 어디로
갈 수도 없는 몸 힘겨운데
뒷덜미 매달린 채
춥다며 우는 풀벌레
애절한 흐느낌
나는 어쩌란 말인가
달빛에 젖은 몸 말리려 하나
했더니 짓궂은 구름
달 덮어놓고 어둠만 내려준다

손에 남은 것은

흘리는 것은
잡을 수가 있는 것이다
한 줌에 햇살이
손가락 사이로
빠지는 걸 잊은 채
어둠을 한 움큼 움켜쥐고
생쥐처럼 어둠 속에서
불 밝히고 바빠만진다

오늘 실컷 흘리고
잠을 움켜쥐고
눈을 감을 때
최고의 행복이다
그래서 흘리는 것이다

노을 눈동자

가을밤이 외로운 건
쓸쓸해서 일까요
시리고 춰 서 그럴까
포근하게 지내려 해본다

짧은 해
긴 기다림에 어둠
기절하듯 쓰러지고
방전　되어 죽어있다
충전 되면 살아
움직여야 한다

이번 시월에 한번
십일월에 한 번
두 번만 더 기절해보자
나랑 힘겨운 싸움은
시작되었다

노동

풍구에 바람일 듯
실컷 두들겨 맞으며
어기적어기적
황소걸음으로 종종대다 보니
물 건너 산위에 올라가는 해
넘어가려는 걸 잡아놓고
눈요기하며 오늘도 저물겠구나
주섬주섬 챙기고 떠나갈 준비를 한다

띄엄띄엄 박혀있는
가로등 불빛 따라
꼬불꼬불 인생길 같은
농로 길을 지나칠 때
고아 된 논에 벼 이삭
허옇게 빗 바랜 채
추워 오그리고 있다

오늘 새우 허리 되도록
교도소에 수감을 끝내고
뒤쫓아 오는 바람 피해
집으로 가는 길
핏기 없는 쪽 달마저
쫓아 온다

아궁이

굴뚝 없이 하얀 연기는
피어오른다
이른 아침부터
아무도 보지 않는
아침에 연기는 눈 이
따갑지도 않다

넓은 바다와 연못에는
가마솥이 있었던가?
아침밥을 짓나?
국을 끓이나
냄새 없는 하얀 김만
몽실몽실 피어나고
소리도 나질 않는다

누군가 있을 법도 한데
조용하기만 아침 해
밥상을 차리는 가
누구도 모르는 것 같으면서
당연하다는 듯 관심도

들여다보지도 않는다

갈매기 목욕물 데우나?
뜨겁지도 않은 것 같은데
뽀얀 연기 속에서는
갈매기 목소리가 들린다

잎새

변하려 한건 아닌데
변하고 싶지도
안 했는데
때가 되었다며
재촉하는 계절은
마구잡이로
잡아 떨어트린다

매달리며 살아온 시간
기억 없이 지워진
추억이 되었다

쓸쓸 해지고
노을빛이 진해만 간다

산문시에서 빚은 사유(思惟)의 의미 체계
- 김성수 시집 『잠자는 연필』

최 봉 희(시조시인, 평론가, 글벗 편집주간)

 바람직한 시란 도대체 어떤 것일까? 어쩌면 시인의 소망을 담은 격조 높게 표현된 글이 아닐까?

 훌륭한 시 작품들 속에 서려 있는 시인의 소망, 곧 시 정신은 세속적인 것이 아니라 격조가 있어야 한다. 그 격은 다름 아닌, 진(眞), 선(善), 미(美), 지조(志操), 청렴(淸廉)을 소중히 담은 초연한 선비정신이 아닐까 한다.

 현대시의 시적 경향은 주로 산문시 특성을 추구하고 있다. 구태의연(舊態依然)한 정형성을 탈피하고자 자유로운 시 형식을 선택하고 있다. 그뿐만 아니라 내부에 응축된 감정을 절제 없이 격렬하게 토로하는 형식을 취하고 있다. 산문시는 서정시가 가지고 있는 대부분의 특징을 다 가지고 있다. 다만 시행을 나누지 않는다는 점에서 자유시와 사뭇 다르다. 이것은 산문시가 운율을 행에다 두지 않고 한 문장, 나아가 한 문단, 행간에다 두고 있음을 의미한다.

산문시가 일종의 문학 장르로 인식되기 시작한 것은 1910년대다. 프랑스의 상징주의 시인 보들레르, 랭보, 말라르메 등이 산문시 작품을 쓰면서 시작되었다.

우리나라의 산문시의 처음은 주요한의 「불놀이」로 꼽곤 한다. 이는 김윤식 교수 등 학자들의 일반적인 주장이기도 하다. 그 이유는 자유로운 사유의 흐름이 잘 나타나면서 기존의 정형성에서 벗어나 완전히 자유로운 형식을 취하고 있기 때문이다. 무엇보다도 기존의 한문 투의 시어에서 탈피하여 순수한 우리말을 살려 쓰려고 노력한 점이 가장 돋보인다. 더욱이 계몽성과 교훈성이 배제된 주관적 정서와 미의식을 갖추었기 때문이리라.

그 이후에도 산문시는 서정주의 「신부」, 조지훈의 「석문」, 정지용의 「슬픈 우상」, 「장수산」, 「삽사리」, 황동규의 「즐거운 편지」, 정진규의 「뼈에 대하여」 등이 발표되었다. 그 이후에도 시인들은 산문형식으로 표현된 시를 무수히 발표했다.

초기의 산문시는 부분적으로 자유시의 형식을 수용했다. 그리고 그 경계를 무너뜨리고 시적 정서를 확장하는 역할에 힘썼다.

산문시의 특징은 무엇보다도 시적 호흡이 자유시보다 빠르다는 것이다. 아울러 긴장감은 자유시보다 느리다. 다만 정서적 흐름이 압축이나 팽팽한 긴장감이 느림은 그 압축이 행간에 위치하여 그 호흡을 길게 잡아주는 형식으로 발

전해 왔다. 다시 말해 산문시는 시적 정서가 매우 속도감 있게 읽히는 속성을 가졌다.

 근래에 내가 아는 시인 중(글벗문학회 회원 가운데)에 산문시를 쓰는 대표적인 시인은 단연코 논두렁 김성수 시인을 꼽을 수밖에 없다.

 그의 시의 특징은 산문시라는 특징 외에 시적 표현기법이 그리 단순하지가 않다. 몇 가지 요약하면 그의 시에는 상징(象徵), 우의(寓意), 전이(轉移), 페르소나(Persona) 등의 '감춤'의 장치를 활용하는가 하면 때로는 과장(誇張), 역설(逆說), 비유(比喩)라는 '늘림'의 장치를 활용하기도 한다. 그리고 운율(韻律), 대구(對句), 수식어(雅語) 등의 '꾸밈' 장치를 적절하게 활용하고 있다는 점에 주목하고 싶다. 그러면 김성수 시인의 시적 경향을 다시금 살펴보자.

　　오랜 기억 속 잠든
　　당신 이름을 백사장에
　　써놓고 뒤돌아서니
　　파도 달려와 지우고
　　저만치 도망하니
　　하얀 물거품 남은 흔적
　　지우려 덮어 버린다

　　우두커니 바라보는
　　갈매기 무엇을 말하는 것만 같은데
　　알 수 없고

한참을 빈 바다
모래 위 거닐며 생각해 본다
지워지는 이름을
왜 써야 하는지를

뒤따라오는 발자국
갸우뚱거리며 상상에
누굴 부르고 싶었던 것이었나
물어 오지만
정작 부르려 해도
딱히 부를 사람이 없다
― 시 「생각」 전문

이 시에 나타난 김성수 시인의 소망은 무엇일까? 무위자
연(無爲自然) 속에 세속적인 시름을 씻어 버리고 고독에서
벗어나고자 하는 것이리라. 이 작품에 담긴 시 정신은 자
연적이면서 평정심을 구하는 것이 아닐까 한다.

인생이라는 빈 바다의 모래 위를 거닐면서 그는 지워지는
이름을 계속 쓰고 있다. 그러나 파도가 달려와서 그 이름
을 지우고 만다. 그리고 누군가를 찾아서 부르고 싶지만
아무도 없는 상황이다. 그것은 일상적인 욕망을 넘어선 승
화된 정신이라고 할 수 있다. 이 시의 주된 창작 장치는
우의(寓意)와 대우(對偶)의 조화로운 구조다. 백사장과 파
도, 갈매기와 빈 바다, 발자국과 사람의 관계가 그러하다.

삶의 시초 귀한 생명
부모는 잉태하여
세상에 내어놓고
시험을 한다

자연은 말없이 품어 안아
키워주고 벗하며
숨겨주고 번민과 행복
사랑이란 것을
터득하게 하며
그리움을 안겨준다

자중과 인내를 함께
하질 못한 채 생을 다하여
태어난 곳으로 돌아가며
귀함을 새삼 느낄 때쯤엔
조용히 홀로 가는 길
모든 것을 내려놓는다

짓밟혀도 이쯤에서는
다하고 가니 홀가분하다
- 시 「무명초」 전문

이 역시 작가가 추구하는 사상은 번뇌가 없는 무구(無垢)
와 적요(寂寥)다. 자연은 부모처럼 사랑이란 것을 터득하
게 해주고 그리움을 알게 한다. 그리고 마침내 생을 다하
는 날, 태어난 곳으로 다시 돌아간다. 그때는 모든 것을 내

려놓은 홀가분한 길이다. 삶이 그렇다. 욕심도 애증도 필요 없다. 짓밟혀도 모든 것을 내려놓고 가야 한다. 무위자연 (無爲自然)의 역설(逆說)이 아닐까 한다.

산문시는 서정시가 가지고 있는 특징을 대부분 또는 모두 다 가지고 있되 산문의 형태로 표현된 시다. 일반 산문 중에서도 다소 시적인 특징을 가진 산문도 있다. 하지만 산문시는 하나, 두세 문단의 짧은 길이로 표현한다.

김 시인은 자연에서 물아일체(物我一體)의 경지로 자신의 삶을 풀어내고 있다. 자연과 나를 동일시(同一視)하고 있는 것은 아닐까?

사각사각 들린다
대청마루 쪽문으로
들어오는 매미의 노래
잠시 쉬는 시간
자연의 관객 지루할까 봐
바람
노래하며 춤을 춘다

댓잎에 치맛자락 나부끼는 소리
삼복에 뜨거운 형제도 춤춘다.
매미 중창 소리 더운 바람
대밭에 들어와 땀 식히고
너울너울 춤추는 모습
옷고름 풀어헤치며

버선발에 여인의
춤사위와 같다

뜨거운 바람도
삼복에 형제도
댓잎 춤사위 따라 나풀대며
더위 넋 잃은 채 바라만 본다
  - 시 「삼복더위」 전문

 삼복더위를 이겨내는 자연친화의 시심이 돋보인다. 자연
과 나, 그리고 매미와 바람의 노래, 바람과 댓잎의 소리,
삼복더위도 춤추며 지내는 한여름의 정취를 묘사하고 있
다. 이는 우화적인 시적 장치라고 할 수 있다.
 자유시나 정형시는 행 단위의 리듬 구성으로 말미암아 읽
기가 다소 느려지나 산문시는 읽기가 거침없이 진행되어
다소 호흡이 빠르다. 그 때문에 긴 산문시는 대개 성공하
지 못하든가 그냥 시적인 산문, 곧 일종의 수필이 되기 쉽
다. 그러나 김성수 시인의 시는 거침없이 춤을 추듯, 노래
하듯 술술 잘 읽힌다.
 김성수 시인의 또 다른 시를 살펴보자.

언덕배기 산 능선에
힘겹게 올라온 너도
고향 찾아가는 거냐
고단한 삶에 지쳐있는 듯

핏기조차 없는 그 모습이
나와 같다

삼백예순다섯 나라에
반 토막 살고 보니
이제야 떠지는 눈
둘러보니 변하여 낯설고
깜짝 놀란 건 너의 빛에
내가 변형되어
더 놀랬다

예전에 부엌에
기름 냄새 진동하고
부침개와 오색 음식에
목구멍소리 요란하게 만든
안주인은 떠나간 지 오래건만
그 냄새마저도 떠나갔나
허기진 개, 달 보며 짖는
처량함에 애달프기만 하구나
너도 가다가다 힘들면
능선에 올라 쉬었다 가려무나
가다가 울 어머니 보거든
내 전한다며 추석 명절
차례상에 올릴 음식 초라하다
전해주길 바란다
- 시 「달아, 달아」 전문

시인은 달에게 말을 걸듯이 시상을 전개하고 있다. 달과 자신을 고향을 찾아가는 존재로 인식하면서 세월에 변모하는 자신의 모습을 성찰하면서 처량함과 애달픔을 노래하고 처량함을 말하고 있다. 어쩌면 전통적인 시상 전개 방법인 물심일여(物心一如)에 근거한 산문시라고 하겠다.

나도 따라가고 싶었는데
잰걸음으로 달음질 쳐
산 능선 위에 타는 노을
뒤따르는 달빛 잡고
울며 사라지는 뒷모습
야속하기만 하다

그도 고향이 그리웠던가
따라갈 수 없었던가
명절이 다가오며
길 밝혀주는 별빛 아래
부엉이 우는소리
고향 떠난 그리움에
부르는 애가인가
애절함이 사무친다
– 시 「부엉이 우는 밤」 전문

시 「부엉이 우는 밤」도 역시 고향을 그리워하는 마음을 부엉이를 보조관념으로 은유하고 있다. 그가 줄곧 추구하는 삶의 모습은 고향에 대한 그리움과 추억이다.

내리는 빗속에 그리움의
그림자가 비에 젖은 채
텅 비어있는
내 마음속에
하룻밤 숙박을 원한다

어깨에 짊어진
무거운 추억이라면
버려도 좋으련만
버리지 못하는 건
미련 때문인가
바보 같은 생각이
짓누르기만 한다

잠시 쉬어 그리움
한잔 마시고
여기 마음속 주점에
들어와서 놀다 가면
좋으련만
아쉬움만 엎어놓고
가버린다

손에 들고 있는 추억의 잔엔
그리움 가득 채워
넘쳐흐르는데
이 한잔 마시고
사랑의 안주 품에 안겨

쉬다 가면 좋으련만
그냥 가야 하는 그 심정
오죽하랴
훗날에는 마셔야겠다
- 시 「추억 한 잔」 전문

비가 내리는 날, 무거운 추억으로 인해 그리움 한 잔을 마시고 싶다고 말한다. 그리고 사랑의 품에 안겨 쉬다 가면 좋겠다는 소망을 말한다. 물론 지금은 쉴 수 없는 힘겨운 상황이지만 언젠가 훗날에는 사랑이 깃든 그리움을 마시고 싶다는 소망을 피력한다.

산문시는 운문이 아닌 산문으로 된 시다. 다시 말해 문장은 산문이지만 그 안에 시적 요소가 갖추어져 있는 것이다. 산문으로 시를 썼다고 해서 모두가 다 산문시가 아니다. 산문시는 감정이나 사상 등을 정서적 반응으로 표현하는 문장이어야 한다. 시를 시답게 하는 요소, 곧 개인의 주관적인 느낌이나 기분을 포함한 감정과 생각, 의식을 포함한 사상을 드러내는 정서적인 문장이 있느냐가 중요한 관건이다. 다시 말하면 개인적인 느낌, 기분, 감정, 생각, 의식 등을 적극적으로 반영해도 수사적 기교가 있어야 한다는 의미다. 음악성, 곧 리듬감과 수사로써 빚어지는 내용의 정서성과 함축성 등이 있어야 한다.

별도 감춰버린 어둠은

풀벌레의 곡소리도
덮으려 고요를 뿌리고
외로움을 무서워하는
그리움을 울게 한다

잠 못 이루는 이들의
가슴에 숱한 쓸쓸함을
심어 싹을 틔우려 하는
가을밤은 야속하기만 하다

잊으려 했던 기억 속
시린 사랑에 아픔을
꺼내오게 만들려고
밤은 길기만 하다
　　　　－ 시 「풀벌레 우는 밤」 전문

　가을에 어둠이 밀려오면 고독 속에 외로움에 떨고 있는
시적 화자는 시린 사랑의 아픔을 추억하면서 곧 그리움을
울게 만든다. 이 수사적 기교는 독자들의 공감을 통해 심
금을 울린다.

비가 내린다
하염없이 내린다

천둥소리에
놀란 비

곤두박질치면서
내린다

내리는 비
이탈하여
유리창에 매달려
애원한다

춥다며 문 좀
열어 달라
유리창에 매달려
두드린다

마주친 눈엔
눈물이 글썽이고
매달린 손에 힘이 없어
주르륵 떨어져
내린다

비가 내린다

너와 나의 마음에도
그리움의 비가 내린다
- 시 「비가 내린다」 전문

이 시의 시적 화자는 비다. 천둥에 놀라고 추위에 떨면서
유리창에 매달려서 애원한다. 하지만 매달린 손에 힘이 없

어서 떨어지는 빗물, 시적 화자의 눈물은 비가 되어 내리는 것이다. 그 눈물도 역시 그리움의 눈물이다.

그런 면에서 김성수 시인의 산문시는 탁월하다. 다양한 비유와 상징, 그리고 역설의 기법을 활용하여 자신만의 독특한 산문시를 구현하고 있다. 그 핵심은 시인이 기분이나 감정이나 인식 판단 등이 엮어내는 주관적인 의미망이다. 이것은 객관적인 현실의 세계가 자극으로 받아드릴 때 화자가 그것을 해석하고 반응해 보이는 과정에서 구축되는 주관적인 의미 체계를 적절한 상징과 비유로 표현하고 있다. 그 의미망은 시 「비가 내린다」처럼, 바로 내가 자연과 하나가 되는 '동일시'라는 표현기법을 취하고 있다는 점이 독특하다. 시인에게 자연은 곧 시인의 고향이기 때문이다.

김성수 시인은 산문시에서 동일시를 통한 의미의 사유라는 시적 상상력을 적절하게 구현하고 있다. 이에 김성수 시인은 '산문시의 대가(大家)'라고 감히 말하고 싶다. 그의 탁월한 시적 의미 체계의 완성은 마침내 2020년 제10회 글벗문학상 수상으로 공인된 바 있다. 그의 글벗문학상 수상작인 시집 『길 잃은 바람』에 담긴 그의 수상작품 세 편을 다시금 살펴보고자 한다.

어쩌다 뒤돌아보니
앙상한 가지뿐이다
아스팔트 갓길 죽어
너부러진 시체들 사이

장승처럼 우뚝 솟아난
돌멩이 발길로 툭툭 치며
히쭉거리고 혼자 웃는다

얼마 전까지 모든 이들에
피난처이고 삶의 터전이었을
그들은 누렇게 빛바래
삼베옷 입은 상제처럼
머리 조아려 생을 포기한 채
시신 되어 바람의 발길에
이리저리 자빠진다

찬바람 콧속에 들락거리며
분주하게 소식 전하지만
마비된 채 걱정조차 없고
아궁이 속 불씨 같은
구름 한 조각 붉게 물든 채
떠나는 석양 배웅한다

내가 바라본 생명체들
나를 바라보는 또 다른
생명체는 그렇게
말을 할 것이다
 - 시 「생명의 존재」 전문

시인이 자연에서 발견한 생명은 죽어가고 있지만, 석양을
배웅하는 존재처럼 다시금 만나는 존재들이다. 그 생명은

영원히 사라지지 않는다. 시인은 여기에서 '역설(逆說)'이
라는 장치로 생명의 존재를 파악하고 있다. 바로 자연과
나는 동일한 존재로 생각하고 있는 것이 아닐까?

　　치고 가는 상처는
　　금세 아물지만
　　번지는 파장은
　　보이지 않게 원에
　　머물러있다

　　던지는 돌팔매는
　　상처 없이 가르고
　　오래가지 않아
　　침몰할 것을 모른 채
　　뛰어 건너려만 한다

　　품어 안아 가는 것은
　　잠깐에 아름다움의
　　파장이겠지만
　　상흔은 오래도록
　　머물 수밖에 없다

　　투명한 것은 많은 걸 비추겠지만
　　오래도록 영원함은 없고
　　그도 흐트러져 맑은 모습
　　잃어갈 뿐이다
　　- 「물 제비 뜨기」 전문

역시 시인은 '물 제비 뜨기'를 하면서 깨닫는다. 아픔과 상처는 오래 머물지 않고 영원하지 않다는 깨달음을 얻은 것이다. 이것 역시 비유(比喩)를 통한 삶의 우의적 표현이 아닐까? 마치 인생을 물 제비를 뜨는 행위로 표현하면서 맑은 모습은 없지만, 상처를 치유하면서 언젠가 삶을 마무리하는 그날을 준비하는 듯하다.

> 세월의 빗물에
> 낡아 흐느적거리는
> 베니어판 문안에
> 구공탄 몇 장 구석에
> 쪼그리고 서 있다
>
> 부뚜막도 아닌 부뚜막에
> 피어오르는 연탄의 파란불
> 머리 풀고 춤을 추며 토하듯
> 오르고 또 오른다
>
> 까만 숯이 되어버린
> 가슴엔 타다가 꺼져버린
> 구멍으로 바람만 새어나가고
> 너덜대는 문 걷어차고 들어온
> 시린 밤바람 마음마저 얼리고 있다
>
> 까맣게 된 가슴에
> 머리 풀고 춤추며

토해낼 수 있단 말인가
구석에 잠든 구멍
바람 피해 졸고 있다
너덜대는 마음엔
쪽방의 연탄같이 까만
가슴뿐이다
　　– 시「쪽방」전문

　시인은 어느덧 구공탄이 된다. 어느 겨울에 까맣게 숯처
럼 타들어 간 가슴은 바람을 피해서 산다. 쪽방의 연탄 같
이 사는 삶이다. 상징(象徵)과 전이(轉移)의 기법으로 말
한다. 겨울날의 너덜대는 마음과 까맣게 타다가 꺼진 가슴
이지만 언젠가는 활활 타는 가슴을 꿈꾸고 있다.

　김성수 시인은 앞에서 언급한 바와 같이 2020년에 제10
회 글벗문학상 수상작으로 『길 잃은 바람』이 선정되었
다. 심사위원들은 향토적인 서정미를 바탕으로 건강한 삶
의 모습을 보여주고 있다고 평가했다. 그의 고향인 태안을
배경으로 자유로운 시 형식 속에서 내재하는 색채와 분위
기, 착상과 암시, 상징과 비유를 통해서 시인의 삶을 산문
시로 노래했다. 특별히 일상적인 삶 속에서 인간 본연의
순수한 미를 잃지 않는 미의식이 돋보인다고 평가했다. 이
는 특별히 자연과 동화된 자연애(自然愛)를 바탕으로 한
물아일체(物我一體)라는 자신만의 의미 체계를 구현했다는

점에 주목하고 싶다.

이번 시집 『잠자는 연필』의 성격은 제10회 글벗문학상 수상 작품집이기도 하다. 역시 자연과 만남을 통해서 깨달은 삶의 성찰과 깨달음을 다양한 의미 체계를 통해 그의 시 쓰기 작업을 구현하고 있다고 할 수 있다.

그런 면에서 김성수 시인의 시 쓰기는 사랑의 표현이자 그리움이 동반되는 사유의 의미 체계를 구현하고 있음을 발견할 수 있었다. 그의 시에 등장하는 다양한 상징(象徵), 우의(寓意) 등의 '감춤'의 장치와 과장(誇張), 역설(逆說)의 '불림'의 장치, 그리고 운율(韻律), 대구(對句) 등의 '꾸밈' 장치를 적절하게 활용하여 그의 시상을 완성하고 있다.

그렇다면 김성수의 시가 가지는 진정한 매력은 무엇일까? 그 매력은 빠르게 읽히는 쾌감이다. 그 쾌감이란 공감과 지각의 즐거움이자 시원스러움이기도 하다. 인간과 자연의 아름다움과 진실을 물아일체와 무위자연의 태도로 그 시심을 드러내고 있다는 것이다.

김성수 시인의 시집을 통해 많은 독자들이 산문시에서 빚은 사유의 다양한 의미체계를 다시금 확인할 수 있기를 소망한다. 김성수 시인의 건필과 건승을 기원한다.

■ 글벗시선 129 김성수 시집

잠자는 연필

인 쇄 일 2021년 3월 27일
발 행 일 2021년 3월 27일
지 은 이 김 성 수
펴 낸 이 한 주 희
펴 낸 곳 도서출판 글벗
출판등록 2007. 10. 29(제406-2007-100호)
주   소 경기도 파주시 와석순환로 16,(야당동)
         롯데캐슬파크타운 905동 1104호
홈페이지 http://guelbut.co.kr
E-mail juhee6305@hanmail.net
전화번호 031-957-1461
팩   스 031-957-7319
가   격 12,000원
I S B N 978-89-6533-172-8 04810